KB197956

새벽별처럼 희미해진 너에게

윤정우 시집

『새벽별처럼 희미해진 너에게』

시인의 말

이 시집은

지난 몇 년간 끄적여온 글들의 모음입니다.

힘들었던 순간들, 그리움,

그리고 일상에서 느낀 다양한 감정들이 담겨 있습니다.

이 시들이 제 삶의 일면을 비추는 거울이 되길 바라며

부끄럽지만, 용기를 내어 공유합니다.

제가 시를 통해 전하고 싶은 것은

우리 모두의 마음속엔 상처와 그리움,

희망이 공존한다는 것입니다.

이 시들은 스스로를 위로하며 쓴 것이기도 하기에

누군가에게도 작은 위로가 된다면 좋겠습니다.

마지막으로, 이 시를 읽는 모든 분들이

항상 행복하고 건강하기를 진심으로 기원합니다.

당신의 마음속에도 소중한 이야기가 가득하길 바랍니다.

너의 이름을 적는다

하늘의 별들 사이에
밤의 고요를 가로질러
새로운 별자리를 이어
너의 이름을 적는다

세상을 덮은 눈송이에
조용히 반짝이는 결정을
살포시 뽀드드득 흘려
너의 이름을 적는다

파랗게 부서지는 바다에
파도가 지나간 모래 위로
손끝을 그림자 반대로 눕혀
너의 이름을 적는다

뿌옇게 사라진 창문에
기억의 먼지를 털어내고
희뿌연 성에를 걷어
너의 이름을 적는다

텅 빈 빈자리 진 마음에

이제는 미지근해진 눈물을 묻혀

너의 이름을 적는다

영원히 새겨진다

이제는 지워지지 않는 곳에

너의 이름을 적는다.

「너의 이름을 적는다」 윤정우 作

회전목마

하늘은 여전히 푸르고
바람은 작은 길을 돌아온다
내 마음은 여기에 없고
어딘가 훌쩍 떠나고 싶다

일상은 회전목마처럼 돌고 돌아
시간은 얼었다 녹아버리고
내 안의 작은 불꽃은
타오를 기미가 보이지 않는다
그저 지겨운 반복 속에
흩어지는 꿈의 조각들만이
내 마음을 할퀴고 지나간다

텅 빈 회전목마 위에 남겨진
흔들리는 그림자와 마주하며
눈을 감고도 느껴지는
이 공허함 속에서
오늘도 여전히 꿈을 꿔야 한다.

사라진 내일을 기다린 적

희망은 손끝에 닿기도 전에
비눗방울처럼 터져버린다
짧은 찰나의 빛
상실의 순간이 퍽 구슬프다

고독은 차가운 벤치에 나를 앉히고
저만치에서 아무 말 없이 지켜본다
그림자는 내 곁에 머물지만
상처는 오롯이 내 몫이다

적막한 시간 속에서도
작은 불씨가 여전히 흔들리며
공허한 오늘을 견디게 한다
그 불씨는 꺼질 듯 위태롭지만
결코 꺼지지 않으리라

내일이 오지 않을 것 같은 이 순간에도
나는 희망의 조각을 붙인다

무너져 내리는 오늘을 살아내니
사라진 내일이 오늘로 피어난다

내 안에는 여전히 내일을 기다리는 마음이 남아 있다
그리하여 사라진 내일을 품에 안고
나는 오늘을 살아간다.

새벽별처럼 희미해진 너에게

어둠 속에서
반짝이던 별
넌
새벽의 첫 빛에
희미해져 간다

살다 보면
자신을 잃어버린 듯
그런 날들이 찾아와
아침이 밝아오면
모든 것이 선명해지지만
너의 빛은
조용히 감춰지기에

하지만 기억해
밤이 다시 오면
너는 다시 빛날 거야
하루의 끝
어둠이 내려앉는 그 순간
너는 가장 찬란하게
하늘을 수놓을 거란다

희미한 별들이여
세상의 소음 속에서도
너의 목소리를 잃지 마
그리움의 파도 속에서도
너는 여전히 빛나는 별이야

인생의 하루가 지나가듯
아침에 희미해진 너는
저녁에 가장 빛나는
그 별이 될 거야

밤하늘의 비밀을 안고
너의 빛이 사라지지 않도록
언제까지나
내 곁에서 반짝이기를.

윤회

우리는 태어나고
또 죽는다
그 사이를 채우는 무수한 순간들
그 사이
무수한 순간들이
바람에 흩날리는 꽃잎처럼
인상 깊게 내려앉는다

잘 살면
영롱한 별이 되어
하늘을 수놓고
못 살면
허무한 미물이 되어
흙에 묻힌다
이렇게 반복되는 여정
우리는 각자의 길을 걷는다

만약 윤회가 있다면
지금 우리는
이 순간에도 저울 위에 서 있다
매일이 평가

후회할 짓을 하지 말자고
나에게 속삭인다
내가 선택한 길이
내 다음 생을 결정하리니

사소한 친절이
우주의 큰 파동이 되고
상처받은 마음에
다시 일어설 수 있는 힘을 준다
이 모든 것은
한 줄의 시로 이어져
내가 남긴 흔적이
영원히 순회할 것이다

그러므로
오늘도 나는 선택한다
작은 행위가
내 영혼의 얼룩을
부드럽게 씻어내는
따스한 물결이 되기를
윤회의 길에서

후회 없는 삶을 살기 위해
지금 이 순간을 소중히 여긴다

우리는 태어나고
또 죽는다.

마음이 쓰이다

마음이 쓰이다
그 단어 하나에 모든 감정이 담긴다
사랑하는 이를 떠나보낼 때
가슴 속에 쌓인 무거운 그리움이
마음의 한구석을 차지한다

어릴 적, 엄마는 대충 먹은 걸 아는데
따로 차려주는 그 마음이
마음이 쓰이게 한다
사랑은 늘 그리움 속에 숨겨져
무심한 듯 온기를 전해준다

친구 녀석과 작은 오해가 지나고
그의 입장을 이해하려 애쓰는 순간
마음이 쓰인다
시간이 흐르고, 우리는 각자의 길을 걷지만
그 마음의 흔적은 지워지지 않는다

마음이 쓰이다
그것은 아픔이기도 하고
사랑의 깊이이기도 하다

마음이 쓰이는 순간들은
결국 나를 더 아프게
성장통을 겪게 만든다

마음이 쓰이다
그 단어 하나로
나의 모든 감정을
전할 수 있을까?

마음의 작은 구석에서
한없이 그리운 이름을
속삭이며
나는 오늘도 마음이 쓰인다.

공황

시야가 점점 좁아지며
내가 어디에 있는지 아득해진다
내 안에 갇혀
시공을 잃고 저 아래로 떨어지는 듯
숨은 가쁘고
젖은 걸레가 심장을 휘감는다

어둠이 나를 가둘 때
괴로웠던 만큼
다른 이의 아픔이 선명해지고
그 울림이 지하실 속 내게
작은 불빛이 되어준다

나를 해치려는
또 다른 나의 손을 떨쳐내고
누군가의 손을 잡아줄 힘을 찾는다
쓰라린 마음이지만
내 아픔을 품에 안고
서로의 상처를 지켜주는 존재가 된다

오늘도 나는

이 싸움을 계속해 나간다

그리하여

고통이 흐르던 자리에

연고의 농도가 깊어지도록.

지지(支持)

슬픔이 가득해도 괜찮다
눈물이 흐르고
가슴이 아파도 괜찮다
그럴 수 있는 순간이니까

심연의 어둠 속에서 길을 잃어도
잠시 방황하며 멈춰 서 있어도
자신을 돌아보는 시간일 테니

심해 깊숙이 유영하는
부서진 조각이 아프게 하더라도
윤슬처럼 반짝이는 기억들이
여전히 마음속에 살아 있으니

고독이 깊어도 괜찮다
내 아픔과 슬픔이 잔잔해지면
비로소 나 자신으로
어둠 속에서 다시 떠오를 테니

그 기억들이 힘이 되어
언젠가는 따뜻한 손길이

당신을 감싸줄 날이 올 테니
그날을 믿어도 괜찮다

이윽고 눈물과 아픔을 씻어내고
서로의 눈빛 속에서 따스한 햇살을 찾으며
당신과 내가 수평선 앞에 마주 서
서로의 존재가 위로가 되기를.

제사

언제였더라
지금은 제사를 지내지 않지만
할아버지의 제삿날
작은 흰 나비가 들어온 적이 있어
나비가 날아올 층도 아니고
생전 나비가 집에 들어온 적도 없었지

할아버지가 쓰던 수저는
늙은 것 같았고
밥 먹고 주시는 박하사탕도
늘 싫었던 것
그날은
할아버지의 숟가락 꽂힌 밥그릇이
용기를 준다는 말에
물 말아 먹었어

있을 때 잘할걸
후회와 아쉬움만 남았네
약해지려 할 때마다
그 용기가 내 마음을 지탱해
그날
내 마음에도 나비가 날아와 앉은 것 같아.

소금기

얼굴에 소금기가 묻어
눈물의 흔적이 아른거린다
바람은 바다의 기억을 싣고
그리움 되어 파도처럼 밀려온다

흘러간 시간
파랑 속에 감춰진 이야기
수심 깊이 절여진 마음이
쪼글쪼글 말라간다

고독한 저녁
소금기 가득한 얼굴로
나는 다시 바다를 바라본다
멀리, 그리고 가까이
너의 웃음이 떠다닌다

슬픔에 깃든 후회는
소금으로 변해
상처에 짠맛이 스민 것처럼
마음을 쓰리게 만든다

소금기 가득한 눈물로
놓친 것들의 흔적을 남기며
그때의 선택이 밀물처럼 밀려와
짭짤한 기억으로 파고든다

사랑의 잔해 위에 남은
이 짠맛은 결국, 내가 만든
그리움의 흔적.

「소금기」 윤정우 作

물수제비

물수제비를 던지면
물결이 일렁이고, 돌은 힘차게 나아간다
그게 참 재밌었다
옆에서 너는 신기한 듯 바라보았지
따라 던져보려다 잘 안 되자
납작하고 이쁜 돌을 나에게 건네주었어

나는 그 돌을 던지고, 퐁당퐁당 날아가는 모습을 보며
너는 참 좋아라 했지
물수제비를 할 때마다 너 생각이 날 거라 말했어
그리고 나는 물수제비를 한다

물에 띄울 때마다 너가 있다
퐁당, 너의 머리카락이 물결에 흩날리고
퐁당, 너의 눈동자가 빛나고
퐁당, 너의 미소가 내 마음을 물들여
퐁당, 너의 웃음소리가 바람에 실려
퐁당, 너의 작은 손, 따뜻한 기억이
그리고 침몰, 다시
퐁당, 너의 미소가 내 마음에 새겨지고
퐁당, 너의 목소리가 귓가에 맴돌아

그리고 침몰, 다시

너를 보기 위해 돌을 던진다
예전처럼 잘 되지 않는다
가라앉지 마
가라앉지 마
가라앉지 마

물수제비처럼
힘차게 나아가려 했던 나
그 속에서 너를 놓치고 말았구나
주저앉아 울면서
물수제비처럼 다시 너를 찾아
물결을 일렁인다.

동굴

어둠 속, 깊은 동굴 안에
너의 마음이 숨어 있구나
상처받은 동물처럼
아무도 모르게 울고 싶어서

너의 마음은
비 오는 날의 창가처럼
흐릿하고도 고요해
한 방울, 두 방울
담겨진 이야기가 깊어질수록
더욱 외로워지는 걸

힘들다고 말할 수 없어서
혼자서 끙끙 앓던 날들
소중한 사람들의 얼굴이
하나둘씩 멀어져 가는 날
더욱 깊은 외로움에 빠져버렸어

인연이 끊어질까 두려워
가슴이 조여오는 이 순간
다시 만날 수 있는 날을 믿어

서로의 마음속에 남아 있는
그 작은 불빛을 믿어

그래, 울고 싶을 땐 마음껏 울어
너의 눈물은 결코 헛되지 않아
네 안의 아픔이 비처럼 쏟아지길
그리고 다시 일어설 힘을
조금씩 찾을 수 있기를

너의 이야기는
여전히 진행 중이야
이젠 그 동굴을 나와
눈물을 양분 삼아 피어나는
희망의 꽃을 바라보길

너의 이야기가
더욱 찬란하게 빛나기를.

재단1

사각사각
내 발 아래
오려진 나의 조각들
어딘가에 남아 있던
단점들과 장점들이
잘려 나가며
새로운 형체를 만든다

재단사의 손길처럼
조심스레 다듬어지고 꿰매지며
낭창낭창 마음의 천이
도려낸 이음새가
고운 실로 이어지고
부서진 조각들은
서서히 자릴 찾는다

내 안의 무게를 덜어내는
그 과정 속에서
나는 더욱 깊어지고
내 구석구석
오래된 먼지를 털어내고

후우우우
새로운 변화의 숨결을 불어넣는다

아직 남아 있던 먼지 같던 잡념이
뿌옇게 떠오르는 순간을 만끽하며
살포시 눈을 감는다

사각사각
그 소리가 내 안에서
새로운 옷으로 지어지는 순간
상처들은 그리움이 되어
다시 나를 감싸는
도톰한 포옹이 된다.

「재단1」 윤정우 作

거짓말

괜찮아?

응, 괜찮아

가슴 속에 구름이 쌓여도

하늘은 맑아

아프지 않아?

응, 아프지 않아

깊은 곳이 상처로 가득해도

미소는 평온해

힘들 텐데

아니, 전혀

바위처럼 무겁고 버거워도

눈빛은 흔들리지 않아

걱정 없어?

응, 걱정 없어

내 슬픔은 깊은 바다처럼

누구도 헤아릴 수 없으니

그저 괜찮은 척 서 있어

가슴 시리고 힘들고
이런 말은 하지 않아
거짓말은 나의 방패
아픔은 나의 친구처럼
조용히 나를 감싸며
곁에 머물고 있네

이렇게
내 안의 진실을
조금 더 깊이 묻어둔다
오늘도 나는 속삭인다
괜찮아, 아니야, 괜찮아
괜찮아, 괜찮아, 괜찮아.

밤비

어둠 속 우산 너머
가로등의 불빛은
별이 되어
밤하늘을 수놓는다

우산 안에 별빛이 반짝여
밤하늘의 별처럼
내 마음을 감싸고
후두두둑, 비가 흘러내려
결정이 되어 떨어진다

내 마음에도 별이 진다
한쪽 어깨가 차가워지고
후두두둑, 그리운 너의 모습
눈물이 되어 떨어진다

끝없이 한없이
너가 쏟아져 내린다

어둠 속에서 서로를 찾으며
우리는 여전히 나아간다

비가 그치고 난 뒤

언젠가 다시 피어날

그런 날을 기다린다.

「밤비」 윤정우 作

추억 같은 거 없습니다

지나다가 같이 듣던 노래가 나오면
심장이 떨어지고 걸음은 얼어붙고
눈시울이 뜨거워지게 하는 그런 거

이삿짐 정리를 하다가 편지를 찾으면
글씨 하나하나에 그리움이 스며들어
많이 아련해지는 그런 거

파스타를 먹다가 함께 먹었으면
양손에 스푼과 포크를 들고
맛있다고 호들갑 떨었겠네
씩 미소 짓게 하는 그런 거

일기예보에 없던 소나기가 내리면
우산은 챙겼으려나, 몸도 약한데
나보다 더 먼저 떠올리게 하는 그런 거

이런 것들이 추억이라면
그런 거 없습니다
그저 잠깐 그리운 것이고
마음에 조금 남아 있는 것뿐

추억 같은 거 없습니다

흘러가는 시간 속에
조용히 묻어두는
가끔은 웃음 지으며
가끔은 눈물을 짓게 하는
그런 것일 뿐입니다

추억 같은 거 없습니다
그러나
당신을 떠올리는 이 마음은
여전히 살아 있습니다.

기 살려주지 못한 아들이기에

아버지의 양복을
몰래 만들고 있다
여태 당신의 취향을 알지 못해
실이 엉키고
내 마음도 같이 얽힌다

기 살려주지 못한
아들의 마음
너무 늦은 사과는
가슴 속에만 맺혀
눈물로 흘러내린다

오해의 세월이 지나간 자리
그도 인생이 처음일 테지
어색한 마음으로
서툴게 걸어왔을 길
당신의 등만 따라 걷던 아이가
키 자란 어른이 되어서야
흙투성이에 굳은살 배긴 발이
이제야 보인다

밖에서 겪은 굴욕과 수고
집안에 따스함을 전하기 위해
수십 년 자신을 태운 그 모습
고단한 하루의 끝에
위로도 없이 버텨온
세월의 깊이는
가슴 시리게 아름답구나

가끔 술에 취해 들어오셔서
쉴 새 없이 쏟아내던
그 모습이 싫었지만
그 속에 숨겨진
"나 외로워, 잘 살고 싶다"
외치는 아우성이었음을
그땐 몰랐다

그을린 시간
흐릿한 자국은 닦아내고
흐뭇한 보람과
기분 좋은 인정을 담아나갈 것이다
위로가 아닌 행복으로

늦지 않게

아버지의 양복을
만들고 있다
잘 맞았으면 좋겠다
당신의 마음에.

회분홍

회색의 도시
차가운 콘크리트 속
숨 막히는 일상에 묻힌 꿈의 잔재들이
허공에 스며든다

희뿌연 공기 속
단조로운 일상에 눌려
반복의 쳇바퀴가
두통처럼 짓누른다

그러나 저 멀리
분홍빛 하늘이
회색 구름을 밀어내고
불안의 경계가 흐려지며
조용히 피어난다

해가 기울어
하늘이 핑크로 물들 때
차가운 콘크리트를 떠나
내 발걸음이 가벼워진다
바알간 노을이

지친 하루를 감싸 안고
그제야 조용히 숨을 내쉰다

퇴근길
회색을 벗고 걷다 보면
서로의 눈빛에
반달의 미소가 스며들고
달님이 찾아오기 전
마지막 햇살이
우리의 숨결을 감싸 안는다

그리움과 희망이
교차하는 길목에서
나는 잠시 멈춰서
내 마음으로 흘러내리는
분홍빛 하늘을 바라본다

차분히
분홍빛 물들이
새어 나가지 않도록
지그시 눈을 감는다

어둠 속
영원을 노래하는 분홍새
알록달록 미세한 입자들이
눈앞에 펼쳐지고
어디론가 날아가고 싶어진다
찰나의 행복
모호한 아름다움이
공존하는 찰나

나는 이 순간을
가슴 깊이 새긴다
내일의 분홍이 올 때까지.

대나무숲

사는 게 지칠 때면
숲이 보고 싶다
푸른 나무들이 나를 감싸며
바람이 속삭이는 곳
내 마음의 무게를 내려놓고
잠시 쉬고 싶다

너가 그리울 때면
떠나고 싶다
그리움이 가슴을 조일 때
모르는 길을 걸으며
아픈 기억을 시간에 맡기고
잠시라도 잊고 싶다

누군가 요즘 어떠냐고 물어보면
나는 숲으로 떠나고 싶다고 말한다
대나무숲 사이로 스며드는 햇살처럼
차마 말하지 못할 고민들을
소리치고 싶다

그리움도 아픔도
바람에 날려 보내고 싶다.

재단2

나는 재단사지만
사람은 재단하지 않는다
치수는 재도
사람은 재지 않는다

높고 낮음
그림자처럼 드리워진
사회적 지위는
그저 허상일 뿐
각자의 이야기를 품고
서로를 마주할 때
진정한 모습이 드러난다

백 년 뒤
지금의 우리는
흔적도 없이 사라지겠지만
우리가 나눈 눈빛과
따스한 손길은
영원히 남아
서로의 마음을 감싸리라

각자의 색으로 지어진

한 벌의 옷

서로의 존재를 존중하며

조화를 이루는 삶

선입견 없이

그대로의 모습을

바라보는 것

그것이 우리가

함께해야 할 이유다.

용기

내가 가는 길엔
오롯이 나 하나뿐

닿지 않는 말은
바람에 흩날리고

조용히 뛰는 내 심장 소리
그 소리에 귀 기울이리라

어둠 속에서 빛을 찾는 나
자신의 그림자에 겁먹어
뒤를 돌아
멈춰 서 있는 나는

간신히 고개를 돌려
용기를 내어본다

빛에 다가갈수록
그림자는 길어지고

빛에 도달할수록

그림자는 걷혀간다

빛을 따라오는 것들
소중한 것만 거두어
용기를 내어보리라

두려움은 뒤로하고
그렇게 나아가리라.

反본능

본능, 무의식의 파도
어둠 속 속삭이는 그림자
싸우며 거슬러 오를 때
내 삶의 주인이 되리라

폭풍 지나 승리한 후
갈망하던 영혼을 만난다
상처투성이 나를 감싸
따스한 손길로 위로하리

파도가 잔잔해지면,
수평선 너머 드러나는
저 멀리 안락한 곳이
비로소 모습을 드러내리

그곳에서 따뜻한 빛이
안아줄 이들과 함께하며
서로의 마음을 지켜가고
영원의 노래를 부르리.

할 말

목까지 차오르는 말을 아끼며
나는 오늘도 침묵의 덩어리를 삼킨다
상처가 될까 두려워
내 입술은 잠자코 굳게 만들고
마음속에서만 소리낸다

참는 것이 나의 선택이라면
그 선택이 과연 정답일까?
뱉기 전까지는
어떤 결과도 알 수 없으니
나는 그 불확실함을 안고
참아내는 연습을 한다

치아에 부딪혀 넘치는 그 말
마치 시냇물이 바위에 부딪혀
흐름을 잃고 멈추는 것처럼
내 안에서 고여 간다

그래도 오늘도 나는
그 말을 꾹 눌러
덩어리진 말을

목젖을 타고 넘긴다

비어 있는 공간에
부서지지 않게
상처가 되지 않게
그저 내 안에서만
조용히 숨 쉬게 하자.

부족함

부족함이 없는 사람은
미지의 호수에 발을 담그지 않는다
물결 없는 수면 위에선
무엇도 깨닫기 어려워
가시덤불 속 꽃처럼
흠집이 날까 두려워
마음껏 펼치기 조심스럽다

부족한 사람은
작은 새싹처럼 흔들리며
작은 바람에도 거세게 요동친다
그 흔들림 속에서
더 깊은 깨달음을 얻고
쓰러져도 다시 일어나
흙 속에 뿌리를 내리며
자신의 정체성을 심어 간다

부족함 속에 심어진 씨앗은
호숫가의 메타세쾨이어처럼
얕은 뿌리들이 서로를 감싸
단단히 엉켜나갈 것이다

깨지고 다쳐도 묵묵히
불완전의 길을 걸어라
언젠가 호수를 감싸는
푸른 숲이 될 테니.

소중함을 담다

내가 깰까
조용히 차알카닥 닫히던 문소리
달그락 수저가 놓이는 소리
아침이 시작된다

오랜만에 본 아들
반찬 하나라도 더 챙겨주시려는 어머니
소파에 앉아 그 모습을 지켜보는 아버지
가족의 사랑이 온기처럼 스며든다

출근 시간의 분주함 속
친구와 나눈 작은 농담에
웃음이 피어오른다
차가운 커피 한 잔으로
따뜻한 머리를 식히고
퇴근 후 대포 한 잔의 약속이
내 하루를 위로한다

허공을 바라보며
흐르는 시간을 느낀다
그리움이 되어

내 마음을 스치고 간다
소중함을 깨닫는 건
왜 잃고 나서야 알게 될까?
하루하루 무심히 스쳐 지나간
당연했던 것들이
얼마나 큰 힘이었는지를

늘 뒤늦은 후회 속에서
깨달음을 찾는다
고통은 추억으로
그리움은 삶의 일부가 되어
가슴 깊이 새겨진다

이제는 다짐한다
내가 나를 아끼고
주변의 소중함을 잊지 않으리라
작은 것들이 모여
내 삶을 이룬다는 것을
결코 잊지 않으리라.

미완

한 가지 길로 세상을 채운 이들
그 하나만으로도 빛나는 존재들
나와는 다른 그들을 바라볼 때
마치 신비로운 별을 만나는 듯
내 눈에도 별이 빛난다

나는 한 길을 오래 걷지 않았고
지나온 길은 미완의 집
반쯤 지어진 형상
부서진 꿈의 잔해 속에 감춰진
내 색을 찾아 헤매고 있다
그럼에도 불구하고
내 색을 잃지 않고
역풍을 뚫고 나아가
신비로운 조각으로 남아가리라

그리스의 산토리니처럼
아름다움은 역설 속에 숨겨진 진실
그 멋진 풍경은 결국 피어날 것이다
내가 걸어온 길의 흔적이
또 다른 별이 되어
하늘을 수놓을 그날까지.

방황한 만큼 내 땅이다

길을 잃고 헤매던 날들
어둠 속에서 나를 찾았다
발걸음마다 남은 흔적은
내가 걸어온 이야기의 조각
방황의 끝에서
나는 나를 발견했다

가시밭길을 지나며
상처를 입고 다시 일어섰고
그 아픔들 속에
나의 뿌리가 깊어졌다
모든 상처가 내 땅을 이루고
그 땅 위에
내가 서 있다

까만 하늘을 올려다보면
별이 반짝이고
희망이 보이지 않을 때도
나는 계속 나아갔다
그리움의 파도 속에서
내 안의 빛을 찾았고

그 빛이 나를 이끌었다

이제는 방황이
부끄러운 것이 아니다
그 길 위에 내 땅이 있고
내가 걸어온 모든 길은
내가 만들어낸 풍경이다
방황한 만큼 내 땅이다
그곳에서 나는 다시
내 꿈을 심어 가리라.

겁

나에게 나만큼 관심을 두는 이는 없다
이런저런 망상 속에서
지레 겁먹지 않으려 애쓰고
두려움 속에서도 계속 나아가는 것
내 세상은 복잡하지 않다
세찬 비바람이 가시가 되어도
눈을 꽉 감고
내가 나를 지켜줄 테니까

겁이 나도, 겁이 나지 않는 것처럼
불확실함을 품고
그저 나아가라
타인의 시선은 바람에 실려
내 곁을 스쳐 지나가리니
결코 나를 가로막지 못하리라

내가 나의 뿌리이니
흔들림 속에서도
결코 꺾이지 않을 것이다
그리하여 나는
내 길을 걸어가리라.

감사

잃어버린 길 위에
홀로 서 있다
시간의 흐름에 발을 맞추며
그냥 걷고 있던 것뿐인데
내 마음은 힘들고 쓸쓸하다

그런데
어디선가 따뜻한 시선이
내 마음의 그늘을 걷으며
나를 감싸 안는다
정중하게 내려앉은 손길이
내 어깨를 두드리고
이 작은 위로가
내 안의 고독한 낙엽을 쓸어간다

주저앉은 마음을 일으켜
앞서 길을 가는 이에게
조용히 응원을 보내고
뒤에 있는 이에게는
내 손을 내밀어 줄 수 있는
그런 존재가 되고 싶다

그리하여
내가 가는 길에
나도 누군가의 힘이 되어
그들의 외로움을 덜어주는 것
이 세상에 존재하는 이유가 되어
감사의 바람을 담아
조용히 걸어가고 싶다

이 세상에 흐르는
수많은 이야기 중에서
외롭고 힘든 글만 써내려가고 싶은
사람은 없을 테니까.

문득,

문득,
잊고 살았던 날들이 떠오른다
먼지 쌓인 오래된 사진처럼
그 안에 담긴 얼굴들이
흔들리며 나를 바라본다

어떤 이는
다시 보고 싶지 않은 인연
어떤 이는
고마운 마음으로 남아
그리움의 무게를 더한다

가끔
나는 건망증에 걸린 듯
중요한 것들을 잃고 살아간다
아무렇지 않은 듯 웃고
일상을 이어가지만
내 마음의 구석에서
그리움이 자꾸만 일어난다

문득,

이런 질문이 든다
내가 지나친 모든 순간들이
어딘가에 남아 있지 않을까
그들의 목소리와 웃음이
내 안에서 울려 퍼지지 않을까

하지만
인생은 퍽 얄짤없다
지나간 일들은 흐릿해지고
현재는 발걸음을 재촉하며
나를 앞으로 밀어낸다

그런데
그리움은 그림자처럼
내 뒤를 졸졸 따라다니며
잊은 줄 알았던
그것들을 다시 떠올리게 한다
모래시계 안의 모래를
좁은 구멍으로 되돌리려는
말도 안 되는 짓을 하듯
내 마음은 과거를 끌어안고

무의미한 반복에 빠진다

그래도
나는 여전히 웃으며
이 길을 걸어간다
초연한 듯 보이지만
가끔은 의문이 스친다
내가 정말로 잊고 있는 건 아닌가

문득,
그리운 사건과 인물들이
내 마음속에서 여전히
소중한 기억으로 남아 있음을
부정할 수는 없다
그럼에도 불구하고
나는 계속 오늘을 살아간다.

자살 방지

당신
우울한 하늘 아래
비 내리는 날들 속에서
사랑의 실패가
가슴에 깊은 상처를 남기고
사업의 실패가
빈 고백처럼 당신을 감싼다면,
어떻게 하시겠습니까?

외롭고 쓸쓸한 마음
마치 홀로 남겨진 나무처럼
바람에 흔들리며
그저 버텨내는 날들
이런 날에
당신은 어떤 생각을 하시나요?
죽음이란 선택이
정말 올바른 길인지

하지만
그 순간, 당신은 깨달아야 합니다
어둠 속에서도

희망의 불씨가
작게나마 타오르고 있음을
고요한 밤하늘에
작은 별 하나가
당신을 비추고 있듯이

살아가는 이유는
가족의 웃음
친구의 손길
각자의 삶이 얽히고설켜
서로를 지켜주는 것
그러나 그 무게가
때때로 당신을 짓누르기도 합니다
부담스러운 사랑
가슴 속에 쌓인 기대

아픔 속에서도
당신은 자신을 잃지 않기 위해
끊임없이 싸워야 합니다
사랑이 떠나가도
사업이 무너져도

삶은 계속되며
새로운 이야기가 시작됩니다
이 세상의 모든 슬픔이
당신의 마음을 짓누를지라도
그 속에서 피어나는
작은 기적을 놓치지 않기를

그러니
오늘도 당신은 살아가야 합니다
비 오는 길을 걷고
고독한 밤하늘을 바라보며
겪은 모든 일들이
결국은 당신을 더욱 강하게 만든다는 걸
믿어야 합니다

살아가야만 하는 이유는
이 모든 아픔이
당신이 자신을 찾는 여정이기에
내일이 어떻게 펼쳐질지 모르지만
그 안에 숨어 있는
희망의 씨앗을 믿으며

당신은 오늘을 살아가야 합니다

그러고 나면
부담이 당신을 감싸 안을 것이고
그 안에서 작은 자유를 찾을 것입니다

이 모든 순간이
당신이 자신을 다시 찾는
여정이 되기를.

시절인연

오래된 약속들이
바람에 실려
한 편의 시가 되었다
우리가 나눈 시간들은
눈부신 햇살 아래
서로를 스친 그림자처럼
기억의 구석에서
흐릿하게 비친다

공허의 깊은 밤
내 마음은 고요히 잠들고
그리움은 안개처럼
나를 감싸 안는다
아직도 그때의 나는
너의 이름을 불러본다
시간이 흘러도
잊히지 않는
서로의 흔적을 남기며

내일은 또 다른 날이 오리니
새로운 인연은

내 가슴에 피어날 것이다
그때의 최선을 다했던 순간들
나를 더 성숙하게 만들어
새로운 길을 걷게 할 것이다

기다림 속에서
나는 오늘도
그리움의 시를 쓴다.

친구에게

인생을 여행하는 동안
외롭고 힘든 일만 써내려갈 사람은 없겠지
구름이 드리운 날도 있고
햇살이 가득한 날도 있잖아
그 모든 순간이
너의 이야기의 일부가 된다

길을 걷다 보면
어둠 속에서 길을 잃기도 하고
우연히 만난 낯선 이의 미소에
잠깐 마음이 따뜻해지기도 해
슬픔이 깊은 날엔
그 작은 행복이
어떤 위로가 되는지
모를 리가 없지

이 여행은
아픔과 기쁨이 얽히고설킨
복잡한 길이지만
그 안에서 피어나는
작은 꽃들을 발견할 때

비로소 삶은
더욱 풍요로워질 거야

그러니
너의 발걸음이
어디로 향하든
그 길 위에 놓인
소중한 순간들을
놓치지 않기를 바라
힘든 날도
기쁜 날도
모두가 너의 이야기를
완성해 가는 과정이니까.

어른이 된다

머나먼 저곳을 바라보는 동안
내 발은 땅에 뿌리가 박혀
한 걸음 떨치기 어려운데
사람들은 나를 스쳐지나
아득한 점으로 사라져간다

세상에 맞춰 살아가는 척
힐끔대며 부산스럽다
잡다한 걱정 속에서
핑곗거리만 뒤적댄다

"나도 데려가"
응석 부리고 싶은 마음은 그대론데
벌써 이만큼 커져 버렸다

초조함은 따갑고 뾰족한 비
고독함은 고요한 바다
그 안에 작은 배가 떠 있다

조금만 더 가면
등대의 빛이 보이려나

외로운 기분은 마치
고요한 밤의 별빛처럼
내 마음을 집중시킨다

누군가 알아줬으면 하는 마음이
갈증처럼 내 안에서 꿈틀대지만
일단은 가야 한다

내가 일으킨 간절한 바람을 타고
저 멀리 나아가리라.

실자감(실패에서 나오는 자신감)

실패는 연습이다
고통이 쌓여가는 길 위에서
나는 골똘히 배운다

다음 기회는
긁어서 나오는 게 아니다
용기로 만드는 거다
당당함
그 또한 훈련의 결과다

근거 없는 자신감
그런 건 나와 상관없다
내가 걸어온 길이 증거고
내 존재가 그 자체로 근거다
그저 다시 가는 것이다

안 보이면 어떤가
내가 찍은 바닥
짚고 가면 된다

실패는 졸업장이다

나 정도면 고학력자지
응, 안쓰러워 해줘
그동안 나는 조용히
확실히 걸어간다

그럼에도 불구하고
이 길은 외롭고 험할 거라는 걸
나는 알고 있다
하지만
그래도
담담한 마음으로
출발!

월량대표아적심

이 노래를 듣고
내 마음이 편안해진다
아린 기분이 스며들고
무슨 말인지 알 수 없지만
아련한 그리움이
저 멀리 누군가를 불러낸다

너와 함께하기에
너무 멀리 와버린 지금
다시 너를 만난다 해도
인사와 함께
너의 안녕을 바라며
아쉬움으로 남을 것이다

언제쯤이면
그리운 마음이 사라질까
내 마음의 조각을
너무 많이 줘버려서
그 조각들에게도
마음이 생긴 건 아닐까

나도 누군가를 만나겠지만
너에게 준 조각들은
다시 돌아오지 않겠지
마음 한 켠이 아리다
'마음 아림'이라는 단어를
이제는 너무도 잘 이해하는 지금

너는 잘 지내니?
보고 싶다
이제는 잊어야 할 너에게
전하지 못한 마음을
노래를 들으며
조용히 흘려보낸다.

자기소개서

잼을 뜰 땐 포크로 가르고
집중하면 저도 모르게 앓는 소리가 나고
기억이 안 날 땐 이마를 톡톡 치며
고민할 땐 허공에서 피아노를 칩니다
제대한 지 10년이 넘었는데
여전히 군대식으로 팬티와 양말을 갠답니다

제 마음은 유리알처럼
잘 깨지면서도 괜찮은 척하며
안에는 어린아이가 살지만
침착하고 점잖은 척 이야기하고
안 맞으면 다신 안 보면 돼
그렇게 말하지만,
사실은 아쉬움이 남고
연인의 그림자는
폐허 속 먼지처럼 쌓인
그리움이 제 안에서 맴돕니다

아직 한참 먼 그런 사람
미완의 저를 품고
옳은 길을 물어 걸어가고 있습니다

작은 스스로를 위로하며
희망을 찾아 헤맨답니다
이 모든 것이
제 삶의 한 부분이라서
겸허히 보듬어 보려 합니다

당신은 어떤 사람인가요?

등

집에 오는 길에 위스키 한 병을 샀다
원숭이가 그려진 라벨
무거운 삽으로 보리를 뒤집던
몰트맨들의 굽은 등을 닮았다
그 등은 마치
세월의 풍파를 견디며
새겨진 그림자 같아서
내가 본 것들은
그들의 굽은 등을 통해
흘러내린 시간의 물결

재단사 아저씨들의 등도
굽어 있었지
천을 자르고 꿰매던
손길에서 느껴지는 삶의 무게
평생을 노력했지만
내 몸 누일 작은 방 한 칸
자신이 만든 관 속에
갇혀버린 나날들

세대가 달라도
결국 비슷한 결말로

이어지지 않을까?
바닷물처럼 밀려드는
걱정과 불안 속에서
내 앞에 쌓여 있는 천들을
자르고 뜯고, 살아남는다
그들과 나에겐
생활이 아닌 생존이다
원단과는 달리
다림질해도 사라지지 않는
내면의 구김살

그들의 주름은 잠시 펼 수 있지만
그늘은 걷어낼 수 없다
원숭이의 등처럼
구부러진 내 삶

바늘구멍을 내다보면
멋진 슈트가 완성되듯
작은 희망의 구멍이
어둠을 뚫고 빛으로
환골탈태해
피어나기를 바라본다.

집착

종이에 너를 담는다
어떻게 담을까
가장 아름다웠던 모습을 그릴까?

아니, 한 장면에 그치고 싶지 않아
어떻게 하면
너를 온전히 담아낼 수 있을까
사라지지 않게
글로 쓸까?
단어들이 모여
너를 다시 살아 숨 쉬게 할 수 있을까

첫 문장을 적고
너의 미소가 피어오르고
두 번째 줄에선
우리의 기억이 흐른다

잠시 흰 천이 휘날리는
창 밖을 바라본다
바람이 불어와
너를 날려보내려는 듯 흩날린다

문진으로 너를 붙잡고
이 순간을 지키고 싶어
너의 목소리를 글 속에 새기며
나만의 너를 완전히 담아내려 한다

글이 완성될 즈음
종이 안에 너는 이미 떠났다
집착이었음을 깨닫는다
허무가 가슴을 스치고
남겨진 글자들은
후회만을 남기며
구겨진 내 모습만이
차가운 바람에 남겨진다.

툭

그냥 지나쳤다
소리 없이 전해온 파동
아무 생각 없이
그들의 내면 속
피어나는 상처들
나도 모르는 사이
상처를 주었을지도

물결처럼 스쳐간
소중한 순간들
그때의 웃음은
어디에 묻혔는지
그리움으로 남아
가슴 속을 맴돈다

멀어진 뒷모습
어디로 가는지
흘린 그리움들은
시간의 물살에 쓸려가

짝사랑의 아픔처럼

소중함을 잊은 날들
당연한 건 없었음을

여전히 그리운 얼굴
사랑의 형태는
영원히 자리할 것임을

살아가는 동안
가슴 깊이 새겨두리
여전히 숨 쉬고 있을
소중한 것들로
언젠가 다시
만날 수 있기를.

하루만 쉬자

할 일이 많단 걸 알아
우린 모두 그런 시기를 지나왔지
그런데, 오늘 너는
너무 지쳐 보인다

하루만 쉬어보자
손가락질이 무슨 대수랴
하루 뒤처지는 게 무슨 상관이랴
우리는 그동안
하루하루를 좇아왔으니
오늘은 그 모든 걸 내려놓자

하루만 그냥 쉬자
그냥
하늘을 바라보며
구름의 속삭임을 세어보는 것도 좋고
바람에 실려 오는
잊힌 소리에 귀 기울여도 괜찮아

오늘만큼은
세상이 요구하는 속도에

너를 맞추지 않아도 돼
너가 걸어온 길은
이미 빛나니까

오늘이 지나면
다시 가야 할 길이 있을 테지
그 길을 위해서라도
쉬어감의 미학을 배워야 해

아마
하루의 쉼 속에서
새로운 시작이
조용히 스며들고 있을 테니까.

이상한 세상, 이상한 사람들

왜 이렇게 다들 호들갑인지
마치 세상이 끝나는 것처럼
다들 난리법석이야
침착함은 어딘가로 도망가고
소란스러운 잡음만 가득해

왜 그렇게 다 캐내고
들춰내고, 괴롭히고 싶어 안달인지?
그저
차나 한잔하면서
"괜찮아, 다 잘될 거야"
라고 말하면 안 되는 건지

어쩌다 보니
일상이 마치
TV 쇼의 한 장면 같아
모두가 카메라 앞에서
연기하는 것처럼 보이고
나는 그냥 관객석에 앉아
"이게 뭐지?" 하고 중얼거려

그런데도
세상은 계속 돌아가고
이해할 수 없는 감정들은
마치 마트에서 세일하는 것처럼
쌓여만 가
"참견도 필요하고, 도파민도 필요해!"
하면서

"그냥,
흘러가게 두면 안 될까?"

서로의 어색한 웃음을 나누고
가끔은 웃음 속에 숨겨진
진짜 아픔을 발견해보자
그렇게
이상한 세상에서
이상한 사람들끼리
조금은 가벼운 마음으로 살아가면 좋겠어.

12:34 오리온

겨울, 차가운 바람 속에서
아이스크림을 녹이며
테라스에 나가 담배를 피우려
하늘을 향해 몸을 기댄다

담뱃불을 붙이며 별자리를 바라보니
별들이 쏟아지는 밤
너무나 선명하다

입에 물고 있던 담배
연기가 내 눈에 스며들어
하늘을 응시하며 잊고 있던
무심한 눈물이 흘러내린다

이 차가운 겨울밤에
별들과 함께 나의 소망을
조용히 불어넣는다

하늘에 닿기를
이 어둠 속에서 내 꿈이
빛을 찾기를.

「12:34 오리온」 윤정우 作

시간은 흘러간다

고요한 새벽
창가에 서서
첫 햇살이 스며드는 순간
어둠이 걷혀가고
하얘진 저 달이 속삭인다

"빠르다,
너무 빠르다"
나는 그 소리에 귀 기울이고
내 발길을 멈춘다

어떤 기약도 없는 미래를
두려워하며
내려온 턱선을 쓸어올린다

시간을 붙잡으려 애쓰지만
결국 시간은
내 손가락 사이로
스르르 흘러내린다.

한낱 꿈

안개 속에
우리가 원했던 모든 것들
사랑과 꿈이
바람에 흩어졌네

햇살이 스며드는 아침
나는 꿈을 꿨다
이루어질 줄 알았던 희망이
이제는 아득한 기억처럼
결국 한낱 꿈이었겠지

포옹의 따스함
그 다정함이 남아 있던
고요한 방 안
혼자서 그리움을 키우고 있어

이제는 후회가 가득해
시간이 멈춘 듯
흘러가는 기억 속
너와 듣던 음악 소리만 남아

우리가 원했던 모든 것들
사랑도, 꿈도
바람에 흩어졌네
너의 미소는
여전히 내 마음에 남아
다른 사람의 품에서
행복하길 바라는 마음
꾹 숨겨 두고

한낱 꿈이라 하더라도
어디로 가는지 상관없이
그리움만 남은 이곳에서
혼자서 여전히 나아간다
어디로 가는지 모른 채

어쩌면 이 모든 것이 꿈이었을지라도
한낱 꿈이라 하더라도.

굽은 길

우리가 가야 할 길은 굽어 있다
내가 걸어온 길도 굽어 있다

구부러진 길 위에
시간이 흘러와
한 걸음, 한 걸음
무수한 이야기를 담는다

가끔은 멈춰 서서
흙먼지가 살포시 앉은
희미한 발자국을 기억한다

주위를 돌아보며
많이도 변했구나
내가 가는 길의 풍경이 바뀌고
내 마음의 깊이도 변해간다

구불구불 나를 만든 시간길
내 마음속의 갈등과 고민들이
이 길에 녹아드는 듯하다

뚜벅뚜벅

살을 에는 바람이 스치고
나뭇잎들은 흔들림을 이기지 못해
처참히 추락한다

뚜벅뚜벅
흰 눈이 드리운 들판이 펼쳐지고
고요히 깊은 숲이 감춰진다

뚜벅뚜벅
파란 하늘이 펼쳐지고
햇살이 부서지는 호수에
울창한 나무들이 나란히 둘러서 있다

슬픔과 행복이 교차하는 곳
길은 이렇게 구부러져 나아간다

우리가 가야 할 길은 굽어 있다
굽어 있는 길은
결코 직선이 아니지만
그 속에 담긴 아름다움과
우리가 만들어가는 여정이
이 길의 진정한 의미가 된다.

「굽은 길」 윤정우 作

월하독작

백석의 고요함처럼
베란다에 늘어진 술병들
그 속에 담긴 나의 인내
아득한 시골의 밤을 닮았다

나태주의 따뜻한 시선으로
비싼 술 한 잔은
즐거운 기억을 꺼내고
싸구려 맥주 한 모금에
슬픈 기억이 피어난다
너는 몰라도 된다
나 혼자만의 것으로도
차고 넘치니까

이병률의 감성으로
상실감이 가득한 이곳
술병들은 나의 고백
한 잔의 슬픔을 나누고
달빛 아래, 푸른 하늘을 그리워한다

안도현의 일상 속에서

혼자 마시는 외로움
소중한 순간이 그리움 되어
잔 속에 스며드는 것을
나는 천천히 받아들였으리라

김소월처럼
이 순간을 노래로 담아
바람에 실어 보내 드리오리다
술병이 쌓인 이곳에서
내 마음의 이야기를 담아
한 편의 시로 피워내리라.

망상

어긋났지만 참 비슷했던
우리
헤어진 후에
어딘가에서
너의 흔적을 찾아보곤 해
오랜 시간이 흐른 듯
기억은 흐릿해지지만
여전히 같은 취향이
어딘가에 남아 있는 것 같아

너와 나
같은 시간, 다른 장소에서
서로의 모습이 겹쳐 보이며
그리움의 조각들이
조용히 마음을 스친다
내가 너를 잊지 못하는 이유는
아마 그 때문일 거야

네가 떠오르는 날
내 마음 한 켠에서
너도 나를 떠올리겠지

그렇게 우리는
멀리서도 가까운 듯
서로의 존재가
실타래처럼 엮여 있어

밤이 깊어가고
내가 너를 불러내는 순간
나도 네게로 불려가고 있겠지
그렇게 망상 속에서
우리의 시간은
여전히 함께 흐르고 있으니

어긋났지만
날 닮았던 너
우리가 함께했던 이유
너는 참
내 마음의 한 조각이야.

불나방의 하루

안갯속에서 깨어난다
눈꺼풀은 무겁고
한 치 앞도 보이지 않는
불확실한 세상에서
나는 허둥지둥 일어난다

부엌의 찬장 문이 삐걱거리며
빈 접시와 컵이 나를 보며
기다리는 듯하다
희미한 빛이 스며드는 커튼
그 안에는 먼지와 불안이 가득하다

식탁 위에는 반찬이 없고
차가운 밥 한 공기가 덩그러니
눈물로 삼키며
담담한 얼굴로 하루를 시작한다
이른 아침
내 마음은 여전히 공허하다

아무도 나를 기다리지 않는데
나는 시계에 쫓겨

딸깍딸깍 소리만 반복한다
조급한 발걸음에
내 하루는 소모되고
누군가는 지나치고
나는 그저 한쪽 구석에
남겨진 불나방처럼
소리 없이 소비된다

눈 앞에 불꽃이 타오르지만
그것은 나를 태우고
재가 된 나의 하루가
조용히 흘러간다
한 걸음, 또 한 걸음
묵직한 발걸음으로 맞이할
내일의 빛을 위해
나는 또 이렇게 살아간다

하지만 어딘가 반짝이는 불빛
저 멀리 아련하게 나를 기다린다
저 빛은 나를 태우지 않고
반딧불이처럼 어둠을 밝히며

희망의 날개를 펼치게 해줄 것이다
소모되는 하루 속에서도
나는 믿는다
곧 밝아올 날이 올 것임을
지금과는 다를 것임을.

ALOHA

안녕, 그대
일상 속에서
가볍게 던지는 질문처럼
그대에게 건네는
담담한 인사

우연히 마주친 그 순간
서로의 눈빛이
잠깐 멈춰 섰다
시간이 멈춘 듯
지난 기억들이
아련하게 스쳐 지나간다

잘 지냈으면 좋겠다는 바람
흩어지는 꽃잎처럼
그대의 미소가
내 가슴에 피어오른다
시간의 흐름 속에
흩어져버린 우리의 이야기

거긴, 알로하

안부를 묻는
그 짧은 말 속에
서로의 그리움이 담겨 있다
이 순간이 영원하길 바라며
우리는 다시 각자의 길로
돌아가야 하겠지만

안녕, 그대
어디서든 행복하기를
그저 이 마음을 담아
조용히 속삭인다.

배려의 의미

잠시 문을 잡고 있어 주는 손
안 닫힌 냉장고 문을 닫아주는 손
벤치를 한 번 쓸어주는 손
그 작은 손길 속에
숨겨진 이야기가 있다
내가 지나간 흔적을
소중히 여기는 것처럼

왜 우리는 서로를 배려할까?
미움을 피하고 싶어서일까
아니면 누군가의 마음을
조금이라도 덜어주고 싶어서일까?
조용히 내 마음을 나누고 싶은
이 복잡한 마음
그 안에 담긴 진실은 무엇일까?

이해받고 싶은 마음과
이해해야 하는 마음 사이에서
우리는 늘 방황한다
마치 흐르는 물처럼
서로의 경계를 넘나들지

만약
내 마음속 댐의
꼭지를 잠가버리면
과연 얼마나 더
서로를 이해할 수 있을까?

작은 배려가
세상을 바꿀 수 있다고 믿는데
그 믿음이 가끔
무겁게 느껴진다
그런데
우리가 서로에게 내민 손길은
결국 어떤 의미일까?
진정한 연결일까
그저 의무일 뿐일까?

아, 혹시 우리는
이 배려의 순간 속에서
서로의 존재를
조금 더 깊이 깨닫고
이해의 바다에

작은 파문을 일으키는 것일까?

우리는 아파하고
상처를 주고받지만
서로의 마음속에서
피어나는 작은 꽃
그것이 진정한 연결이 아닐까?
결국 우리의 삶은
서로의 배려로 엮여 있고
비로소 우리는
인간이 된다.

첫눈

첫눈이 내리는 날
하얗게 빻은 수면제를 뿌린 듯
세상의 모든 소음이 사라지고
아침은 나무의 앙상한 손끝에서 깨어난다

시간이 멈춘 듯
하늘과 땅이 하나로 어우러져
순수함이 가득 차오른다
어떤 상처도, 어떤 그리움도
눈의 부드러움 속에 묻히고
모든 것이 새로워진다

첫눈은 기억의 문을 열고
어린 시절의 설렘을 불러왔다
하얀 세상 속에서
차가웠던 눈빛이 동심의 따스함으로 녹아내렸다
이 찬란한 순간
눈물 시렸던 한 해의 끝자락에서
사랑의 언어가 하얀 입김으로 피어
가장 소중한 것을
다시 깨닫게 한다

첫눈은 단순한 자연의 연금술
모든 것이 변할 수 있다는 것
우리의 삶도
상처도, 기쁨도
가슴 속에 쌓인 모든 감정까지
하얗게 변해가고
그 안에서 다시 한번 태어난다
백색의 가능성
첫눈 오는 날, 나는 다시 꿈을 꾼다.

「첫눈」 윤정우 作

짧은 야경이고 싶었으나 긴 야경

어둑한 장막이 감싼 도시 위
수많은 불빛이 반짝인다
각각의 불빛은 꿈과 고독
희망의 속삭임과 상처의 메아리
서로 엮여
하나의 경관을 빚어낸다

높은 곳에서 내려다보면
모든 것이 얼마나 덧없이 흐르는지
불빛의 물결 속에서
나의 존재를 돌아본다
작은 점으로서의 나
그 속에서 쫓아온 것들이
과연 무엇인지
의문이 깊어진다

야경은 나에게
무의미함의 아름다움을 가르쳐 준다

각각의 불빛은
한순간의 찰나에 불과하며

우리의 고민과 아픔도
그 속에 녹아들어
사라지기 마련이다

어둠 속에서 빛나는 불빛들
그 속에 담긴 수많은 이야기들
허상일지라도
나는 이 허상 속에서
눈을 감고 사색에 잠긴다
침묵과 적막이 나를 감싸고
그리움은 차가운 바람에 실려
내 마음을 스치운다

밤하늘을 올려다보면
수 놓인 별들
그 안에 담긴 눈물의 흔적
나는 그리움 속에서
내가 누구인지 묻게 된다
김소월의 시처럼
그리움이 깊어질수록
나는 더욱 외로워진다

이 도시의 불빛들은
저마다의 이야기를 담고
어둠 속에서 나는
불빛을 따라 걷는다
저 수많은 불빛 속에
다시 녹아들며
나의 이야기를
조용히 켤 것이다.

뭐든 좋다, 뭐든 시작해 봐라

크게 이룬 것도 없는 내가
부스러기를 지키기 위해
알량한 자존심을 세우고
뭐가 될 수 있을까

아직도
작은 행복보다
큰 욕심을 부려보고
싶은 거라면

작은 것에 안주하는 건
어젯날의 편의점 맥주뿐
세상은 넓고
그 안에는 나를 기다리는
수많은 기회들이 있다

욕망
그건 단순한 갈증이 아니라
스스로 진정 원하는 자신을
찾아가는 여정이다

"뭐든 좋다, 뭐든 시작해봐라"
내 가슴이 외치고 있다

가슴이 미쳐 날뛸수록
마음 한 켠은 불안하다
내가 선택한 길이
바람에 날리는 모래처럼
흩어질까 두려운 것이다

아직까지는
꿈의 조각을 모아
하나의 그림으로 만들기엔
내가 너무 작고
두려움이 내 발목을 잡는다

하지만
바스러짐 속에서도
아름다움을 찾고 싶다
그 불안이 나를 움츠리게 하지 않게
오히려 그 불안 속에서
내가 진정 원하는 길을

찾아가고 싶다

만일
무너지는 모래성처럼
내가 쌓은 꿈이 부서져도
흔적 속에서
희망을 찾는 것
끝이 아닌 시작

뭐든, 뭐든
그럼에도 불구하고
한 걸음, 한 걸음
나는 앞으로 나아간다
내가 원하는 삶의 방식이다.

어깨

내 어깨 위의
짐이 무겁게 느껴질 때
아버지가 지고 있던
그 무게를 떠올린다
어릴 적
철없이 목마를 타고
하늘을 향해 손을 뻗던 나

아버지는 내 웃음 뒤에
모든 고단함을 감추고 계셨다
이제는 그 짐이
내 어깨를 눌러온다
아이와 같은 순수함을 품고
어른의 무게를 짊어지고 있다

그저 시간이 흘렀을 뿐인데,
지켜야 할 것들과
책임의 무게가 쌓여간다
그 시절은
마치 저녁노을처럼
아름답고도 슬프다

힘들 때
아버지라는 존재를 떠올린다
고뇌 속에 하늘을 지고 있는
아틀라스처럼
무거운 책임을 지고도
나의 세상을 지켜주셨던
이제는 그 짐이
내게로 오고
아버지의 고단한 삶이
내 어깨에 쌓인다

그럼에도 나는
여전히 하늘을 바라보고
아버지의 미소를 기억한다
어딘가에서
서로의 어깨를 기대며
우리는 이렇게 살아간다
무겁고도 가벼운 짐을 나누며
추억 속의 목마처럼
그리움과 사랑을
함께 타고 다닌다

고단했을 당신의 어깨를
내게 기대어
잠시 쉬어가길 바라며
이 시를 바친다.

한숨

한숨은 자꾸만 바깥세상을 보고 싶어 했다
멈추고 싶었지만
가둬놓는 건 더 좋지 않을 것 같았다

평소보다 무거운 한숨은 내 안의
더 깊은 곳에서 출발했다
그리고 유난히 퇴장이 잦았다

대기를 짓누르는
한숨의 무게는 얼마일까?

내게 머물다 왔다는 흔적도
남기고 싶지 않았던 건지 흩어져버려
나는 한숨의 무게를
계산할 수 없었다

어렴풋이 한숨의 무게는
내가 감추고 싶었던 것들의 크기일 것이라
가늠할 뿐이다

숨의 끝에서

흩어지는 한숨을 바라보며

입안에 남은 수많은 감정들을 삼킨다.

이 시가 위로가 되기를 바랍니다

잘 썼든, 안 썼든
그저 시 한 편
의미를 담지 않겠지만
나름 의미 있는 소중한 하루의 조각
내 마음의 위로

어느 날
우유갑에서 본 글귀 하나가
내 마음을 울리더군요

"난 무너지지 않아 절대로!"

내가 바라는 건
그 시 한 편이
가슴에 자리하길
그래서 누군가와
공감할 수 있기를
위로가 될 수 있기를

그래서 내가 시를 쓰는 이유는
일상의 작은 순간들을

사랑하는 것에 있습니다
그 순간들이 모여
우리의 삶을 수놓고
서로의 마음을 잇는
가느다란 실이 되기를 바랍니다

우리의 아픔을 나누고
서로의 눈빛에서
위로를 찾기 위해서입니다
말로 다 표현할 수 없는
그리움과 사랑이
이 시 속에 스며들어
서로의 마음에 놓아주는
따스한 다리가 되기를

마지막 페이지를 덮을 때
따뜻한 여운이 남아
마음 깊은 곳에서
위로가 피어오르기를
이 시가 당신의 마음에
은은한 온기가 되기를 바랍니다.

시, 여미다067

새벽별처럼 희미해진 너에게

초판 1쇄 인쇄 2025년 2월 3일
초판 1쇄 발행 2025년 2월 17일

지은이 윤정우

펴낸이 이장우
책임편집 송세아
디자인 theambitious factory
편집 제작 안소라 김소은
관리 김한다 한주연
인쇄 KUMBI PNP

펴낸곳 도서출판 꿈공장플러스
출판등록 제 406-2017-000160호
주소 서울시 성북구 보국문로 16가길 43-20 꿈공장 1층

이메일 ceo@dreambooks.kr
홈페이지 www.dreambooks.kr
인스타그램 @dreambooks.ceo

전화번호 02-6012-2734
팩스 031-624-4527

* 저자 고유의 '글맛'을 위해 맞춤법 및 표현 등은 저자의 스타일을 따릅니다.

ISBN 979-11-92134-88-8
정가 13,500원